Ce livre a été
offert par :

Retrouvez tous les prénoms sur
www.lelivredemonprenom.fr

Éditions First, un département d'Édi8
12, avenue d'Italie
75013 Paris – France
Tél. : 01 44 16 09 00
Fax : 01 44 16 09 01
firstinfo@efirst.com
www.editionsfirst.fr

ISBN : 978-2-4120-2345-7
Dépôt légal : mars 2017
Création graphique : Lisa Magano - Nicolas Galy pour NoOok
Mise en page : WarzalaWorks
Imprimé en France par Pollina - 81386

Le livre de mon prénom

*

Nathan

Jules Lebrun

avec la collaboration de

Stéphanie Rapoport

FIRST Editions

Ce livre dévoile tous les secrets du prénom NATHAN !

L'ÉTY**MOLOGIE**

LE CARACTÈRE

Les adjectifs
qui lui vont le mieux

LA COULEUR

Le chiffre

LA PIERRE

LE JOUR DE FÊTE
ET L'HISTOIRE
DE NATHAN

LES VARIANTES DU PRÉNOM

Le nombre de Nathan en France

ET DANS LE MONDE

LA POPULARITÉ

ET LES TENDANCES D'ATTRIBUTION

L'âge moyen

LES NATHAN **CÉLÈBRES**

Les informations insolites

« Certains prénoms sont comme la bande-annonce du destin de ceux qui le portent. »

La Tête de l'emploi de David Foenkinos

« Un des plus beaux cadeaux que nous ait fait la vie, c'est quand notre prénom a l'air d'un mot gentil. »

L'Essentiel de Ginette Reno (paroles de Charles Aznavour)

« Le prénom est la clé de la personne. C'est le cliquetis délicat de sa serrure quand on veut ouvrir sa porte. »

Acide sulfurique d'Amélie Nothomb

L'ÉTY**MOLOGIE**

Le prénom **NATHAN**
est d'origine hébraïque
et dérive du prénom
Nathanaël,
à l'origine **Nathana'El**,
qui signifie
« don de Dieu ».

Nathan renvoie donc
à l'idée de don.

LE CARACTÈRE

CE QUE L'ON
OBSERVE
AU PREMIER ABORD
CHEZ NATHAN, C'EST SA
NATURE OPTIMISTE
ET LE SOURIRE DONT
IL SE DÉPARTIT
RAREMENT.

On peut dire qu'il prend la vie du bon côté !

INTELLIGENT ET OPINIÂTRE, NATHAN VA AU BOUT DE CE QU'IL ENTREPREND.
IL N'EST PAS DU GENRE À ABANDONNER LA PARTIE.

Mais **c'est également une personne sensible** qui a besoin de compter sur ses proches, amis et famille car c'est son refuge.

Les disputes avec un être cher le déstabilisent au plus haut point et l'éloignement, voire la perte d'un proche peut le mettre dans un état de grande insécurité.

>>>

NATHAN

EST UN **AFFECTIF**,
LA FORCE QU'IL PUISE DANS SON ENTOURAGE LUI EST INDISPENSABLE.

*Très sociable,
il a beaucoup d'amis qui apprécient sa compagnie pour sa jovialité et sa bienveillance.*

IL PEUT EN CERTAINES OCCASIONS SE LAISSER DÉBORDER PAR SON ÉMOTIVITÉ ET AVOIR DES **RÉACTIONS CARACTÉRIELLES** QUI TRANCHENT AVEC SON COMPORTEMENT HABITUEL.

En amour, Nathan est un compagnon charmant et attentionné, fidèle et loyal.

Il met un point d'honneur à créer une atmosphère conviviale dans son foyer. **C'est un romantique qui s'assume !**

LES **ADJECTIFS** QUI LUI VONT LE MIEUX

JOVIAL
Sensible
INTELLIGENT
OPTIMISTE
Généreux
PERSÉVÉRANT
BIENVEILLANT

SI **NATHAN**
ÉTAIT UNE
pierre précieuse
IL SERAIT
UN
SAPHIR

LA COULEUR
ATTACHÉE À NATHAN EST **LE BLEU**

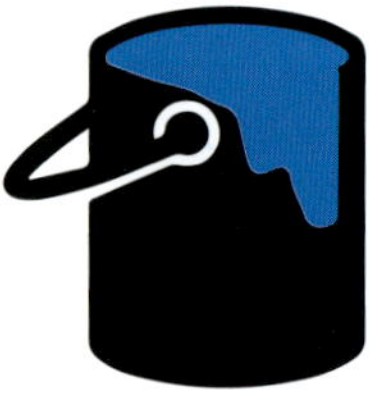

Couleur froide et primaire, le bleu fait référence au ciel, à l'océan, à la paix et à la sagesse. C'est également la couleur du rêve et de l'évasion.

EN BLEU, BIEN-ÊTRE ET SÉRÉNITÉ SONT AU RENDEZ-VOUS !

BLUE
BLU
BLAU
AZUL
BLÉ
CINIJ
כחול (KAHOL)
أزرق (AZRAQ)

4

La signification numérologique
du prénom Nathan correspond

AU **CHIFFRE** 4.

Le 4 est le symbole de
la planification
et de *l'organisation*.
Les Nathan construisent leur vie
avec **méthode** et ne laissent
pas beaucoup de place au hasard.

Le 4 représente également
la ténacité
et *l'honnêteté*.

**Nathan est un compagnon
sur qui on peut compter !**

LE JOUR

7 MARS

Jour où l'on célèbre les Nathan, en hommage au **prophète Nathan**, personnage biblique, qui vécut à l'époque du roi David.

DE FÊTE

LE DICTON DU JOUR

« Mars est capable de tuer les bêtes à l'étable ! »

PRÉNOMS APPARTENANT à la même famille QUE **NATHAN**

NATHANAËL

Nathaniel

NATAN

Natanel

JONATHAN

JONATAN

NATHAN

NATHAN
EN FRANCE

AU DERNIER RECENSEMENT,
103 000 NATHAN
SONT COMPTABILISÉS EN FRANCE

Nathan est le 106e prénom le plus attribué depuis 1900.

CE QUI
CORRESPOND
À **0,15 %**
DE LA
POPULATION

NATHAN
DANS LES DÉPARTEMENTS

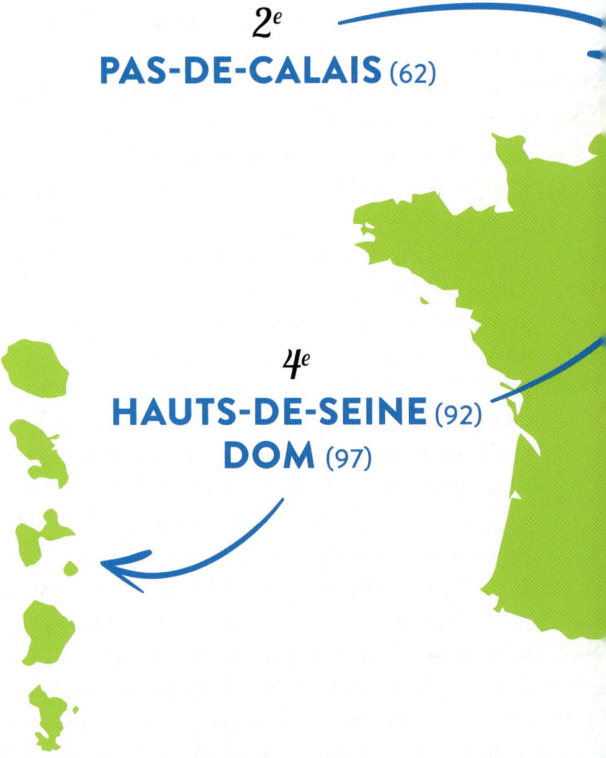

Les départements dans lesquels le prénom Nathan a été le plus donné (en 2015) :

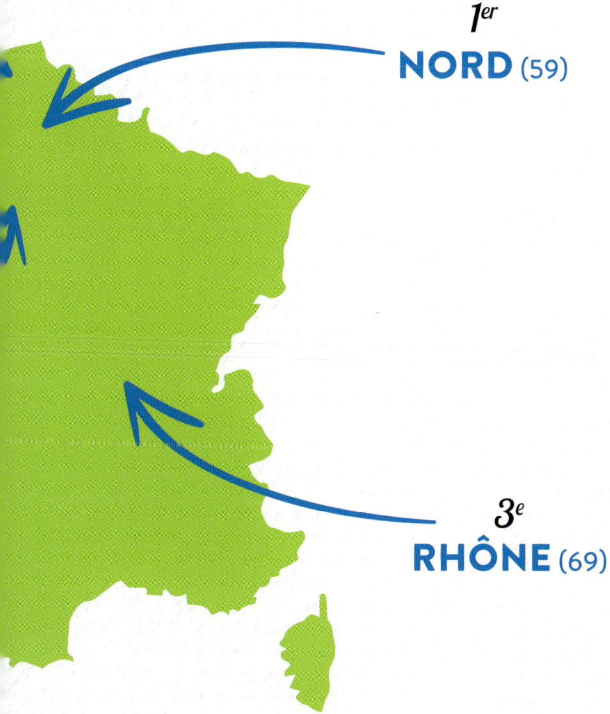

NATHAN
DANS LE MONDE

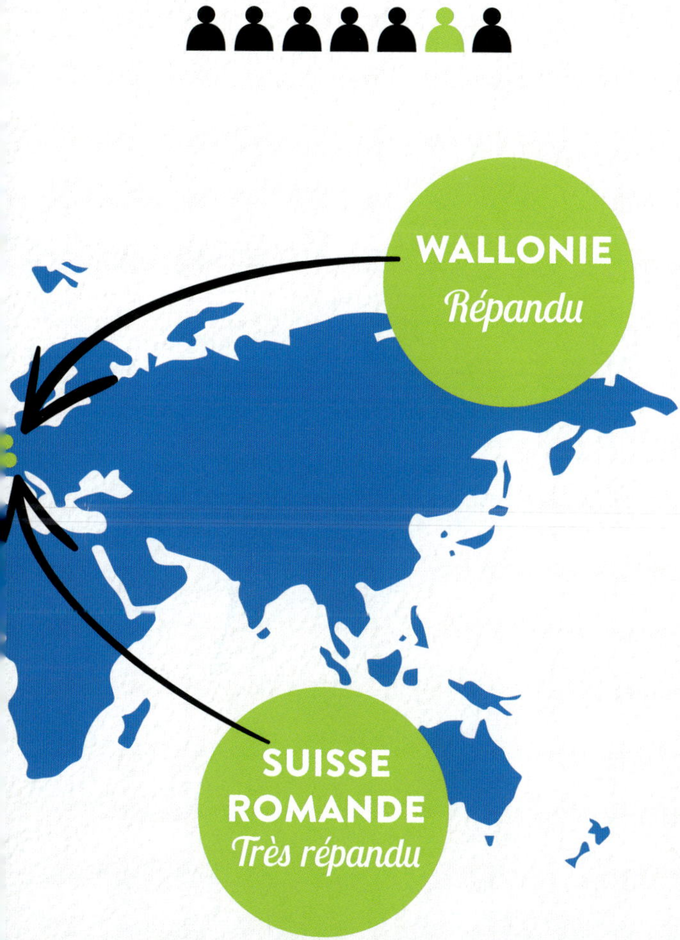
WALLONIE
Répandu
SUISSE
ROMANDE
Très répandu

CE PRÉNOM
FAIT PARTIE DES
20 PRÉNOMS
LES PLUS DONNÉS
avec une tendance
à la baisse
de son attribution.

1

L'année **2010** correspond à l'année où le prénom **Nathan** a été le plus donné.

7 034 PETITS GARÇONS L'ONT REÇU CETTE ANNÉE-LÀ !

L'âge moyen constaté pour les personnes qui portent le prénom Nathan est **11 ans.**

LES **NATHAN** CÉLÈBRES

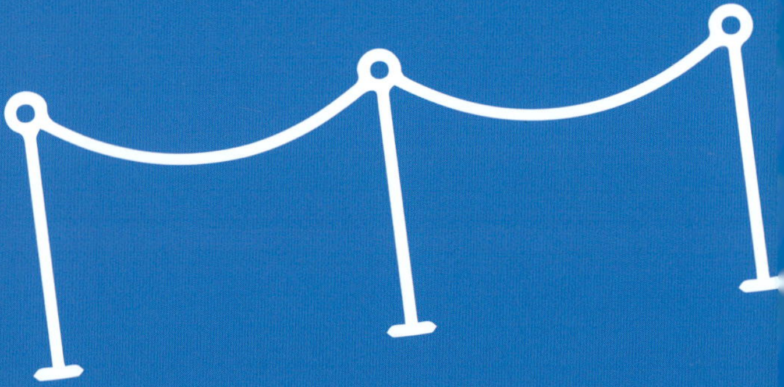

★ NATHAN BEDFORD FORREST ★

né le 13 juillet 1821
et mort le 29 octobre 1877,
est un lieutenant général confédéré
américain. Il fut un grand stratège
de la guerre de Sécession.

★ NATHAN CHARLES ★

né le 9 janvier 1989, est un rugbyman
professionnel australien. Il joue au poste
de talonneur. Fait rare dans le monde
du sport, il est atteint de mucoviscidose.

★ NATHAN FILLION ★

né le 27 mars 1971, est un acteur canadien.
Il est connu pour son rôle dans la série
télévisée *Castle*.

⋆ NATHAN GREEN ⋆

né le 13 mai 1975,
est un golfeur australien.

⋆ NATHAN KRESS ⋆

né le 18 novembre 1992,
est un acteur et mannequin américain.

⋆ NATHAN MOORE ⋆

né le 10 juin 1965, est un chanteur britannique. Il a connu la célébrité à l'occasion du succès du boys band Worlds Apart dont il a fait partie.

⋆ NATHAN SYKES ⋆

né le 18 avril 1993,
est un acteur et chanteur britannique,
membre du groupe The Wanted.

★ NATHAN WACHTEL ★

né le 8 avril 1935, est un historien
et un anthropologue français.
C'est un spécialiste reconnu
de la société sud-américaine.

★ NATHAN WEST ★

né le 29 septembre 1978,
est un musicien
et un acteur américain.

NATHAN
C'EST AUSSI...

... une maison d'édition fondée par **Fernand Nathan**, spécialisée en livres pour enfants et ouvrages scolaires.

... UN NOM DE FAMILLE.

... une chaîne de restaurants américaine spécialiste du hot-dog, **NATHAN'S FAMOUS.**

... une société australo-néozélandaise de distribution de boissons alcoolisées, *Lion Nathan*.

... un personnage central
de la série
Plus belle la vie,
Nathan Leserman.

... UN NOM
RÉCURRENT
DANS LA BIBLE.

... le héros
de la série
de jeux vidéo,
UNCHARTED.

… une des principales artères de Hong Kong, *Nathan Road.*

… LE TITRE D'UNE CHANSON DE **CALOGERO** ÉCRITE PAR **MARC LAVOINE.**